Hugo von Hofmannsthal

Der Tod des Tizian. Idylle. Zwei Dichtungen

in Großdruckschrift

Hugo von Hofmannsthal

Der Tod des Tizian. Idylle. Zwei Dichtungen

in Großdruckschrift

Reproduktion des Originals.

1. Auflage 2023 | ISBN: 978-3-38707-318-8

Megali Verlag ist ein Imprint der Outlook Verlagsgesellschaft mbH.

Verlag: Outlook Verlag GmbH, Zeilweg 44, 60439 Frankfurt, Deutschland
Vertretungsberechtigt: E. Roepke, Zeilweg 44, 60439 Frankfurt, Deutschland
Druck: Books on Demand GmbH, In de Tarpen 42, 22848 Norderstedt, Deutschland

DER TOD DES TIZIAN.
IDYLLE

ZWEI DICHTUNGEN

VON
HUGO VON HOFMANNSTHAL

1892

Der Tod des Tizian

Dramatis Personae

Der Prolog, ein Page

Filippo Pomponio Vecellio, *genannt* Tizianello, *des Meisters Sohn*

Giocondo

Desiderio

Gianino (er ist 16 Jahre alt und sehr schön)

Batista

Antonio

Paris

Lavinia, eine Tochter des Meisters

Cassandra

Lisa

Spielt im Jahre 1576, da Tizian neunundneunzigjährig starb. Die Szene ist auf der Terrasse von Tizians Villa, nahe bei Venedig.

Prolog

Der Prolog, ein Page, tritt zwischen dem Vorhang hervor, grüßt artig, setzt sich auf die Rampe und läßt die Beine (er trägt rosa Seidenstrümpfe und mattgelbe Schuhe) ins Orchester hängen.

Das Stück, ihr klugen Herrn und hübschen Damen,

Das sie heut abend vor euch spielen wollen,

Hab ich gelesen.

Mein Freund, der Dichter, hat mirs selbst gegeben.

Ich stieg einmal die große Treppe nieder

In unserm Schloß, da hängen alte Bilder

Mit schönen Wappen, klingenden Devisen,

Bei denen mir so viel Gedanken kommen

Und eine Trunkenheit von fremden Dingen,

Daß mir zuweilen ist, als müßt ich weinen ...

Da blieb ich stehn bei des Infanten Bild –

Er ist sehr jung und blaß und früh verstorben ...

Ich seh ihm ähnlich – sagen sie – und drum

Lieb ich ihn auch und bleib dort immer stehn

Und ziehe meinen Dolch und seh ihn an

Und lächle trüb: denn so ist er gemalt:

Traurig und lächelnd und mit einem Dolch ...

Und wenn es ringsum still und dämmrig ist,

So träum ich dann, ich wäre der Infant,

Der längst verstorbne traurige Infant ...

Da schreckt mich auf ein leises, leichtes Gehen,

Und aus dem Erker tritt mein Freund, der Dichter.

Und küßt mich seltsam lächelnd auf die Stirn

Und sagt, und beinah ernst ist seine Stimme:

„Schauspieler deiner selbstgeschaffnen Träume,

Ich weiß, mein Freund, daß sie dich Lügner nennen

Und dich verachten, die dich nicht verstehen,

Doch ich versteh dich, o mein Zwillingsbruder.“

Und seltsam lächelnd ging er leise fort,

Und später hat er mir sein Stück geschenkt.

Mir hats gefallen, zwar ists nicht so hübsch

Wie Lieder, die das Volk im Sommer singt,

Wie hübsche Frauen, wie ein Kind, das lacht,

Und wie Jasmin in einer Delfter Vase …

Doch mir gefällts, weils ähnlich ist wie ich:

Vom jungen Ahnen hat es seine Farben

Und hat den Schmelz der ungelebten Dinge;

Altkluger Weisheit voll und frühen Zweifels,

Mit einer großen Sehnsucht doch, die fragt.

Wie man zuweilen beim Vorübergehen

Von einem Köpfchen das Profil erhascht, –

Sie lehnt kokett verborgen in der Sänfte,

Man kennt sie nicht, man hat sie kaum gesehen

(Wer weiß, man hätte sie vielleicht geliebt,

Wer weiß, man kennt sie nicht und liebt sie doch) –

Inzwischen malt man sich in hellen Träumen

Die Sänfte aus, die hübsche weiße Sänfte,

Und drinnen duftig zwischen rosa Seide

Das blonde Köpfchen, kaum im Flug gesehn,

Vielleicht ganz falsch, was tuts … die Seele wills …

So, dünkt mich, ist das Leben hier gemalt

Mit unerfahrnen Farben des Verlangens

Und stillem Durst, der sich in Träumen wiegt.

Spätsommermittag. Auf Polstern und Teppichen lagern auf den Stufen, die rings zur Rampe führen, Desiderio, Antonio, Batista und Paris. Alle schweigen, der Wind bewegt leise den Vorhang der Tür. Tizianello und Gianino kommen nach einer Weile aus der Tür rechts. Desiderio, Antonio, Batista und Paris treten ihnen besorgt und fragend entgegen und drängen sich an sie. Nach einer kleinen Pause:

Paris

Nicht gut?

Gianino

mit erstickter Stimme
Sehr schlecht.
Zu Tizianello, der in Tränen ausbricht

Mein armer lieber Pippo!

Batista

Er schläft?

Gianino

Nein, er ist wach und phantasiert

Und hat die Staffelei begehrt.

Antonio

Allein

Man darf sie ihm nicht geben, nicht wahr, nein?

Gianino

Ja, sagt der Arzt, wir sollen ihn nicht quälen

Und geben, was er will, in seine Hände.

Tizianello

ausbrechend

Heut oder morgen ists ja doch zu Ende!

Gianino

Er darf uns länger, sagt er, nicht verhehlen ...

Paris

Nein, sterben, sterben kann der Meister nicht!

Da lügt der Arzt, er weiß nicht, was er spricht.

Desiderio

Der Tizian sterben, der das Leben schafft!

Wer hätte dann zum Leben Recht und Kraft?

Batista

Doch weiß er selbst nicht, wie es um ihn steht?

Tizianello

Im Fieber malt er an dem neuen Bild,

In atemloser Hast, unheimlich, wild;

Die Mädchen sind bei ihm und müssen stehn,

Uns aber hieß er aus dem Zimmer gehn.

 Antonio

Kann er denn malen? Hat er denn die Kraft?

Tizianello

Mit einer rätselhaften Leidenschaft,

Die ich beim Malen nie an ihm gekannt,

Von einem martervollen Zwang gebannt –

Ein Page kommt aus der Tür rechts, hinter ihm Diener; alle erschrecken.

Tizianello, Gianino, Paris

Was ist?

Page

Nichts, nichts. Der Meister hat befohlen,

Daß wir vom Gartensaal die Bilder holen.

Tizianello

Was will er denn?

Page

Er sagt, er muß sie sehen ...

„Die alten, die erbärmlichen, die bleichen,

Mit seinem neuen, das er malt, vergleichen ...

Sehr schwere Dinge seien ihm jetzt klar,

Es komme ihm ein unerhört Verstehen,

Daß er bis jetzt ein matter Stümper war ...“

Soll man ihm folgen?

Tizianello

Gehet, gehet, eilt!

Ihn martert jeder Pulsschlag, den ihr weilt.

Die Diener sind indessen über die Bühne gegangen, an
der Treppe holt sie der Page ein. Tizianello geht auf den
Fußspitzen, leise den Vorhang aufhebend, hinein. Die
andern gehen unruhig auf und nieder.

Antonio

halblaut

Wie fürchterlich, dies letzte, wie unsäglich ...

Der Göttliche, der Meister, lallend, kläglich ...

Gianino

Er sprach schon früher, was ich nicht verstand,

Gebietend ausgestreckt die blasse Hand ...

Dann sah er uns mit großen Augen an

Und schrie laut auf: „Es lebt der große Pan.“

Und vieles mehr, mir wars, als ob er strebte,

Das schwindende Vermögen zu gestalten,

Mit überstarken Formeln festzuhalten,

Sich selber zu beweisen, daß er lebte,

Mit starkem Wort, indes die Stimme bebte.

Tizianello

zurückkommend

Jetzt ist er wieder ruhig, und es strahlt

Aus seiner Blässe, und er malt und malt.

In seinen Augen ist ein guter Schimmer.

Und mit den Mädchen plaudert er wie immer.

Antonio

So legen wir uns auf die Stufen nieder

Und hoffen bis zum nächsten Schlimmern wieder.

Sie lagern sich auf den Stufen. Tizianello spielt mit Gianinos Haar, die Augen halb geschlossen.

Batista

halb für sich

Das Schlimmre ... dann das Schlimmste endlich ... nein.

Das Schlimmste kommt, wenn gar nichts Schlimmres mehr,

Das tote, taube, dürre Weitersein ...

Heut ist es noch, als obs undenkbar wär ...

Und wird doch morgen sein.

Pause.

Gianino

Ich bin so müd.

Paris

Das macht die Luft, die schwüle, und der Süd.

Tizianello

lächelnd

Der Arme hat die ganze Nacht gewacht!

Gianino

auf den Arm gestützt

Ja, du ... die erste, die ich ganz durchwacht.

Doch woher weißt denn dus?

Tizianello

Ich fühlt es ja,

Erst war dein stilles Atmen meinem nah,

Dann standst du auf und saßest auf den Stufen ...

Gianino

Mir wars, als ginge durch die blaue Nacht,

Die atmende, ein rätselhaftes Rufen.

Und nirgends war ein Schlaf in der Natur.

Mit Atemholen tief und feuchten Lippen,

So lag sie, horchend in das große Dunkel,

Und lauschte auf geheimer Dinge Spur.

Und sickernd, rieselnd kam das Sterngefunkel

Hernieder auf die weiche, wache Flur.

Und alle Früchte, schweren Blutes, schwollen

Im gelben Mond und seinem Glanz, dem vollen,

Und alle Brunnen glänzten seinem Ziehn.

Und es erwachten schwere Harmonien.

Und wo die Wolkenschatten hastig glitten,

War wie ein Laut von weichen, nackten Tritten ...

Leis stand ich auf – ich war an dich geschmiegt –

Er steht erzählend auf, zu Tizianello geneigt

Da schwebte durch die Nacht ein süßes Tönen,

Als hörte man die Flöte leise stöhnen,

Die in der Hand aus Marmor sinnend wiegt

Der Faun, der da im schwarzen Lorbeer steht

Gleich nebenan, beim Nachtviolenbeet.

Ich sah ihn stehen, still und marmorn leuchten;

Und um ihn her im silbrig-blauen Feuchten,

Wo sich die offenen Granaten wiegen,

Da sah ich deutlich viele Bienen fliegen

Und viele saugen, auf das Rot gesunken,

Von nächtgem Duft und reifem Safte trunken.

Und wie des Dunkels leiser Atemzug

Den Duft des Gartens um die Stirn mir trug,

Da schien es mir wie das Vorüberschweifen

Von einem weichen, wogenden Gewand

Und die Berührung einer warmen Hand.

In weißen, seidig-weißen Mondesstreifen

War liebestoller Mücken dichter Tanz,

Und auf dem Teiche lag ein weicher Glanz

Und plätscherte und blinkte auf und nieder.

Ich weiß es heut nicht, obs die Schwäne waren,

Ob badender Najaden weiße Glieder,

Und wie ein süßer Duft von Frauenhaaren

Vermischte sich dem Duft der Aloe ...

Und was da war, ist mir in eins verflossen:

In *eine* überstarke, schwere Pracht,

Die Sinne stumm und Worte sinnlos macht.

 Antonio

Beneidenswerter, der das noch erlebt

Und solche Dinge in das Dunkel webt!

Gianino

Ich war in halbem Traum bis dort gegangen,

Wo man die Stadt sieht, wie sie drunten ruht,

Sich flüsternd schmieget in das Kleid von Prangen,

Das Mond um ihren Schlaf gemacht und Flut.

Ihr Lispeln weht manchmal der Nachtwind her,

So geisterhaft, verlöschend leisen Klang,

Beklemmend seltsam und verlockend bang.

Ich hört es oft, doch niemals dacht ich mehr ...

Da aber hab ich plötzlich viel gefühlt:

Ich ahnt in ihrem steinern stillen Schweigen,

Vom blauen Strom der Nacht emporgespült,

Des roten Bluts bacchantisch wilden Reigen,

Um ihre Dächer sah ich Phosphor glimmen,

Den Widerschein geheimer Dinge schwimmen.

Und schwindelnd überkams mich auf einmal:

Wohl schlief die Stadt: es wacht der Rausch, die Qual,

Der Haß, der Geist, das Blut: das Leben wacht.

Das Leben, das lebendige, allmächtge –

Man kann es haben und doch sein' vergessen! ...

Er hält einen Augenblick inne.

Und alles das hat mich so müd gemacht:

Es war so viel in dieser einen Nacht.

Desiderio

an der Rampe, zu Gianino

Siehst du die Stadt, wie jetzt sie drunten ruht?

Gehüllt in Duft und goldne Abendglut

Und rosig helles Gelb und helles Grau,

Zu ihren Füßen schwarzer Schatten Blau,

In Schönheit lockend, feuchtverklärter Reinheit?

Allein in diesem Duft, dem ahnungsvollen,

Da wohnt die Häßlichkeit und die Gemeinheit,

Und bei den Tieren wohnen dort die Tollen;

Und was die Ferne weise dir verhüllt,

Ist ekelhaft und trüb und schal erfüllt

Von Wesen, die die Schönheit nicht erkennen

Und ihre Welt mit unsren Worten nennen ...

Denn unsre Wonne oder unsre Pein

Hat mit der ihren nur das Wort gemein ...

Und liegen wir in tiefem Schlaf befangen,

So gleicht der unsre ihrem Schlafe nicht:

Da schlafen Purpurblüten, goldne Schlangen,

Da schläft ein Berg, in dem Titanen hämmern –

Sie aber schlafen, wie die Austern dämmern.

Antonio

halb aufgerichtet

> Darum umgeben Gitter, hohe, schlanke,
>
> Den Garten, den der Meister ließ erbauen,
>
> Darum durch üppig blumendes Geranke
>
> Soll man das Außen ahnen mehr als schauen.

Paris

ebenso

> Das ist die Lehre der verschlungnen Gänge.

Batista

ebenso

> Das ist die große Kunst des Hintergrundes
>
> Und das Geheimnis zweifelhafter Lichter.

Tizianello

mit geschlossenen Augen

> Das macht so schön die halbverwehten Klänge,
>
> So schön die dunklen Worte toter Dichter
>
> Und alle Dinge, denen wir entsagen.

Paris

Das ist der Zauber auf versunknen Tagen

Und ist der Quell des grenzenlosen Schönen,

Denn wir ersticken, wo wir uns gewöhnen.

Alle verstummen. Pause. Tizianello weint leise vor sich hin.

Gianino

schmeichelnd

Du darfst dich nicht so trostlos drein versenken,

Nicht unaufhörlich an das eine denken.

Tizianello

traurig lächelnd

Als ob der Schmerz denn etwas andres wär

Als dieses ewige Dran-denken-müssen,

Bis es am Ende farblos wird und leer ...

So laß mich nur in den Gedanken wühlen,

Denn von den Leiden und von den Genüssen

Hab längst ich abgestreift das bunte Kleid,

Das um sie webt die Unbefangenheit,

Und einfach hab ich schon verlernt zu fühlen.

Pause.

Gianino

Wo nur Giocondo bleibt?

Tizianello

Lang vor dem Morgen

– Ihr schlieft noch – schlich er leise durch die Pforte,

Auf blasser Stirn den Kuß der Liebessorgen

Und auf den Lippen eifersüchtge Worte ...

Pagen tragen zwei Bilder über die Bühne (die Venus mit den Blumen und das große Bacchanal); die Schüler erheben sich und stehen, solange die Bilder vorübergetragen werden, mit gesenktem Kopf, das Barett in der Hand. Nach einer Pause (alle stehen):

Desiderio

Wer lebt nach ihm, ein Künstler und Lebendger,

Im Geiste herrlich und der Dinge Bändger

Und in der Einfalt weise wie das Kind?

Antonio

Wer ist, der seiner Weihe freudig traut?

 Batista

Wer ist, dem nicht vor seinem Wissen graut?

Paris

Wer will uns sagen, ob wir Künstler sind?

Gianino

Er hat den regungslosen Wald belebt:

Und wo die braunen Weiher murmelnd liegen

Und Efeuranken sich an Buchen schmiegen,

Da hat er Götter in das Nichts gewebt:

Den Satyr, der die Syrinx tönend hebt,

Bis alle Dinge in Verlangen schwellen

Und Hirten sich den Hirtinnen gesellen ...

Batista

Er hat den Wolken, die vorüberschweben,

Den wesenlosen, einen Sinn gegeben:

Der blassen, weißen schleierhaftes Dehnen

22

Gedeutet in ein blasses, süßes Sehnen;

Der mächtgen goldumrandet schwarzes Wallen

Und runde, graue, die sich lachend ballen,

Und rosig silberne, die abends ziehn:

Sie haben Seele, haben Sinn durch ihn.

Er hat aus Klippen, nackten, fahlen, bleichen,

Aus grüner Wogen brandend weißem Schäumen,

Aus schwarzer Haine regungslosem Träumen

Und aus der Trauer blitzgetroffner Eichen

Ein Menschliches gemacht, das wir verstehen,

Und uns gelehrt, den Geist der Nacht zu sehen.

Paris

Er hat uns aufgeweckt aus halber Nacht

Und unsre Seelen licht und reich gemacht

Und uns gewiesen, jedes Tages Fließen

Und Fluten als ein Schauspiel zu genießen,

Die Schönheit aller Formen zu verstehen

Und unsrem eignen Leben zuzusehen.

Die Frauen und die Blumen und die Wellen

Und Seide, Gold und bunter Steine Strahl

Und hohe Brücken und das Frühlingstal

Mit blonden Nymphen an kristallnen Quellen,

Und was ein jeder nur zu träumen liebt

Und was uns wachend Herrliches umgibt:

Hat seine große Schönheit erst empfangen,

Seit es durch *seine* Seele durchgegangen.

Antonio

Was für die schlanke Schönheit Reigentanz,

Was Fackelschein für bunten Maskenkranz,

Was für die Seele, die im Schlafe liegt,

Musik, die wogend sie in Rhythmen wiegt,

Und was der Spiegel für die junge Frau

Und für die Blüten Sonne, licht und lau:

Ein Auge, ein harmonisch Element,

In dem die Schönheit erst sich selbst erkennt –

Das fand Natur in seines Wesens Strahl.

„Erweck uns, mach aus uns ein Bacchanal!"

Rief alles Lebende, das ihn ersehnte

Und seinem Blick sich stumm entgegendehnte.

Während Antonio spricht, sind die drei Mädchen leise aus der Tür getreten und zuhörend stehengeblieben; nur Tizianello, der zerstreut und teilnahmlos abseits rechts steht, scheint sie zu bemerken. Lavinia trägt das blonde Haar im Goldnetz und das reiche Kostüm einer venezianischen Patrizierin. Cassandra und Lisa, etwa neunzehn- und siebzehnjährig, tragen beide ein einfaches, kaum stilisiertes Peplum aus weißem, anschmiegendem, flutendem Byssus; nackte Arme mit goldenen Schlangenreifen; Sandalen, Gürtel aus Goldstoff. Cassandra ist aschblond, graziös. Lisa hat eine gelbe Rosenknospe im schwarzen Haar. Irgend etwas an ihr erinnert ans Knabenhafte, wie irgend etwas an Gianino ans Mädchenhafte erinnert. Hinter ihnen tritt ein Page aus der Tür, der einen getriebenen silbernen Weinkrug und Becher trägt.

Antonio

Daß uns die fernen Bäume lieblich sind,

Die träumerischen, dort im Abendwind ...

Paris

Und daß wir Schönheit sehen in der Flucht

Der weißen Segel in der blauen Bucht ...

Tizianello

zu den Mädchen, die er mit einer leichten Verbeugung
begrüßt hat; alle andern drehen sich um

Und daß wir eures Haares Duft und Schein

Und eurer Formen mattes Elfenbein

Und goldne Gürtel, die euch weich umwinden,

So wie Musik und wie ein Glück empfinden –

Das macht: Er lehrte uns die Dinge sehen ...

bitter

Und das wird man da drunten nie verstehen!

Gianino

zu den Mädchen

Ist er allein? Soll niemand zu ihm gehen?

Lavinia

Bleibt alle hier. Er will jetzt niemand sehen.

Desiderio

Vom Schaffen beben ihm der Seele Saiten,

Und jeder Laut beleidigt die geweihten!

Tizianello

O, käm ihm jetzt der Tod, mit sanftem Neigen,

In dieser schönen Trunkenheit, im Schweigen!

Paris

Allein das Bild? Vollendet er das Bild?

Antonio

Was wird es werden?

Batista

              Kann man es erkennen?

Lavinia

Wir werden ihnen unsre Haltung nennen.

Ich bin die Göttin Venus, diese war

So schön, daß ihre Schönheit trunken machte.

Cassandra

Mich malte er, wie ich verstohlen lachte,

Von vielen Küssen feucht das offne Haar.

Lisa

Ich halte eine Puppe in den Händen,

Die ganz verhüllt ist und verschleiert ganz,

Und sehe sie mir scheu verlangend an:

Denn diese Puppe ist der große Pan,

Ein Gott,

Der das Geheimnis ist von allem Leben.

Den halt ich in den Armen wie ein Kind.

Doch ringsum fühl ich rätselhaftes Weben,

Und mich verwirrt der laue Abendwind.

Lavinia

Mich spiegelt still und wonnevoll der Teich.

Cassandra

Mir küßt den Fuß der Rasen kühl und weich.

Lisa

Schwergolden glüht die Sonne, die sich wendet:

Das ist das Bild, und morgen ists vollendet.

Lavinia

Indes er so dem Leben Leben gab,

Sprach er mit Ruhe viel von seinem Grab.

Im bläulich bebenden schwarzgrünen Hain

Am weißen Strand will er begraben sein:

Wo dichtverschlungen viele Pflanzen stehen,

Gedankenlos im Werden und Vergehen,

Und alle Dinge ihrer selbst vergessen,

Und wo am Meere, das sich träumend regt,

Der leise Puls des stummen Lebens schlägt.

Paris

Er will im Unbewußten untersinken,

Und wir, wir sollen seine Seele trinken

In des lebendgen Lebens lichtem Wein,

Und wo wir Schönheit sehen, wird Er sein!

Desiderio

Er aber hat die Schönheit stets gesehen,

Und jeder Augenblick war ihm Erfüllung,

Indessen wir zu schaffen nicht verstehen

Und hilflos harren müssen der Enthüllung ...

Und unsre Gegenwart ist trüb und leer,

Kommt uns die Weihe nicht von außen her.

Ja, hätte der nicht seine Liebessorgen,

Die ihm mit Rot und Schwarz das Heute färben.

Und hätte jener nicht den Traum von morgen

Mit leuchtender Erwartung, Glück zu werben,

Und hätte jeder nicht ein heimlich Bangen

Von irgend etwas und ein still Verlangen

Nach irgend etwas und Erregung viel

Mit innrer Lichter buntem Farbenspiel

Und irgend etwas, das zu kommen säumt,

Wovon die Seele ihm phantastisch träumt,

Und irgend etwas, das zu Ende geht,

Wovon ein Schmerz verklärend ihn durchweht –:

So lebten wir in Dämmerung dahin,

Und unser Leben hätte keinen Sinn ...

Die aber wie der Meister sind, die gehen,

Und Schönheit wird und Sinn, wohin sie sehen.

Idylle

Nach einem antiken Vasenbild:
Zentaur mit verwundeter Frau am Rand
eines Flusses.

Der Schauplatz im Böcklinschen Stil. Eine offene
Dorfschmiede. Dahinter das Haus, im Hintergrunde ein
Fluß. Der Schmied an der Arbeit, sein Weib müßig an die
Türe gelehnt, die von der Schmiede ins Haus führt. Auf
dem Boden spielt ein blondes kleines Kind mit einer
zahmen Krabbe. In einer Nische ein Weinschlauch, ein
paar frische Feigen und Melonenschalen.

Der Schmied

Wohin verlieren dir die sinnenden Gedanken sich,

Indes du schweigend mir das Werk, feindselig fast,

Mit solchen Lippen, leise zuckenden, beschaust?

Die Frau

Im blütenweißen, kleinen Garten saß ich oft,

Den Blick aufs väterliche Handwerk hingewandt,

Das nette Werk des Töpfers: wie der Scheibe da,

Der surrenden im Kreis, die edle Form entstieg,

Im stillen Werden einer zarten Blume gleich,

Mit kühlem Glanz des Elfenbeins. Darauf erschuf

Der Vater Henkel, mit Akanthusblatt geziert,

Und ein Akanthus-, ein Olivenkranz wohl auch

Umlief als dunkelroter Schmuck des Kruges Rand.

Den schönen Körper dann belebte er mit Reigenkranz

Der Horen, der vorüberschwebend lebenspendenden.

Er schuf, gestreckt auf königliche Ruhebank,

Der Phädra wundervollen Leib, von Sehnsucht matt,

Und drüber flatternd Eros, der mit süßer Qual die Glieder füllt.

Gewaltgen Krügen liebte er ein Bacchusfest

Zum Schmuck zu geben, wo der Purpurtraubensaft

Aufsprühte unter der Mänade nacktem Fuß

Und fliegend Haar und Thyrsusschwung die Luft erfüllt.

Auf Totenurnen war Persephoneias hohes Bild,

Die mit den seelenlosen, roten Augen schaut

Und, Blumen des Vergessens, Mohn, im heiligen
Haar,

Das lebenfremde, asphodelische Gefilde tritt.

Des Redens wär kein Ende, zählt ich alle auf,

Die göttlichen, an deren schönem Leben ich

– Zum zweiten Male lebend, was gebildet war –,

An deren Gram und Haß und Liebeslust

Und wechselndem Erlebnis jeder Art

Ich also Anteil hatte, ich, ein Kind,

Die mir mit halbverstandener Gefühle Hauch

Anrührten meiner Seele tiefstes Saitenspiel,

Daß mir zuweilen war, als hätte ich im Schlaf

Die stets verborgenen Mysterien durchirrt

Von Lust und Leid, Erkennende mit wachem Aug,

Davon, an dieses Sonnenlicht zurückgekehrt,

Mir mahnendes Gedenken andern Lebens bleibt

Und eine Fremde, Ausgeschloßne aus mir macht

In dieser nährenden, lebendgen Luft der Welt.

Der Schmied

Den Sinn des Seins verwirrte allzu vieler Müßiggang

Dem schön gesinnten, gern verträumten Kind, mich
dünkt.

Und jene Ehrfurcht fehlte, die zu trennen weiß,

Was Göttern ziemt, was Menschen! Wie Semele dies,

Die töricht fordernde, vergehend erst begriff.

Des Gatten Handwerk lerne heilig halten du,

Das aus des mütterlichen Grundes Eingeweiden
stammt

Und, sich die hundertarmig Ungebändigte,

Die Flamme, unterwerfend, klug und kraftvoll wirkt.

Die Frau

Die Flamme anzusehen, lockts mich immer neu,

Die wechselnde, mit heißem Hauch berauschende.

Der Schmied

Vielmehr erfreue Anblick dich des Werks!

Die Waffen sieh, der Pflugschar heilige Härte auch,

Und dieses Beil, das wilde Bäume uns zur Hütte fügt.

So schafft der Schmied, was alles andre schaffen soll.

Wo duftig aufgeworfne Scholle Samen trinkt

Und gelbes Korn der Sichel dann entgegenquillt,

Wo zwischen stillen Stämmen nach dem scheuen Wild

Der Pfeil hinschwirrt und tödlich in den Nacken schlägt,

Wo harter Huf von Rossen staubaufwirbelnd dröhnt

Und rasche Räder rollen zwischen Stadt und Stadt,

Wo der gewaltig klirrende, der Männerstreit

Die hohe liederwerte Männlichkeit enthüllt:

Da wirk ich fort und halt umwunden so die Welt

Mit starken Spuren meines Tuens, weil es tüchtig ist.

Pause.

Die Frau

Zentauren seh ich einen nahen, Jüngling noch,

Ein schöner Gott mir scheinend, wenn auch halb ein
Tier,

Und aus dem Hain, entlang dem Ufer, traben her.

Der Zentaur

einen Speer in der Hand, den er dem Schmied hinhält

Find ich dem stumpfgewordnen Speere Heilung hier

Und neue Spitze der geschwungnen Wucht?
Verkünd!

Der Schmied

Ob deinesgleichen auch, dich selber sah ich nie.

Der Zentaur

Zum ersten Male lockte mir den Lauf

Nach eurem Dorf Bedürfnis, das du kennst.

Der Schmied

Ihm soll

In kurzem abgeholfen sein. Indes erzählst

Du, wenn du dir den Dank der Frau verdienen willst,

Von fremden Wundern, die du wohl gesehn, wovon

Hieher nicht Kunde dringt, wenn nicht ein Wandrer
kommt.

Die Frau

Ich reiche dir zuerst den vollen Schlauch: er ist

Mit kühlem, säuerlichem Apfelwein gefüllt,

Denn andrer ist uns nicht. Das nächste Dürsten stillt

Wohl etwa weit von hier aus beßrer Schale dir

Mit heißerm Safte eine schönre Frau als ich.

Sie hat den Wein aus dem Schlauch in eine irdene
Trinkschale gegossen, die er langsam schlürft.

Der Zentaur

Die allgemeinen Straßen zog ich nicht und mied

Der Hafenplätze vielvermengendes Gewühl,

Wo einer leicht von Schiffern bunte Mär erfährt.

Die öden Heiden wählte ich zum Tagesweg,

Flamingos nur und schwarze Stiere störend auf,

Und stampfte nachts das Heidekraut dahin im Duft,

Das hyazinthne Dunkel über mir.

Zuweilen kam ich wandernd einem Hain vorbei,

Wo sich, zu flüchtig eigensinnger Lust gewillt,

Aus einem Schwarme von Najaden eine mir

Für eine Strecke Wegs gesellte, die ich dann

An einen jungen Satyr wiederum verlor,

Der syrinxblasend, lockend wo am Wege saß.

Die Frau

Unsäglich reizend dünkt dies Ungebundne mir.

 Der Schmied

Die Waldgebornen kennen Scham und Treue nicht,

Die erst das Haus verlangen und bewahren lehrt.

Die Frau

Ward dir, dem Flötenspiel des Pan zu lauschen? Sag!

Der Zentaur

In einem stillen Kesseltal ward mirs beschert.

Da wogte mit dem schwülen Abendwind herab

Vom Rand der Felsen rätselhaftestes Getön,

So tief aufwühlend wie vereinter Drang

Von allem Tiefsten, was die Seele je durchbebt,

Als flög mein Ich im Wirbel fortgerissen mir

Durch   tausendfach   verschiedne   Trunkenheit
hindurch.

Der Schmied

Verbotenes laß lieber unberedet sein!

Die Frau

Laß immerhin, was regt die Seele schöner auf?

Der Schmied

Das Leben zeitigt selbst den höhern Herzensschlag,

Wie reife Frucht vom Zweige sich erfreulich löst.

Und nicht zu andern Schauern sind geboren wir,

Als uns das Schicksal über unsre Lebenswelle
haucht.

Der Zentaur

So blieb die wunderbare Kunst dir unbekannt,

Die Götter üben: unter Menschen Mensch,

Zu andern Zeiten aufzugehn im Sturmeshauch,

Und ein Delphin zu plätschern wiederum im Naß

Und ätherkreisend einzusaugen Adlerlust?

Du kennst, mich dünkt, nur wenig von der Welt,
mein Freund.

Der Schmied

Die ganze kenn ich, kennend meinen Kreis,

Maßloses nicht verlangend, noch begierig ich,

Die flüchtge Flut zu ballen in der hohlen Hand.

Den Bach, der deine Wiege schaukelte, erkennen
lern,

Den Nachbarbaum, der dir die Früchte an der Sonne
reift

Und dufterfüllten lauen Schatten niedergießt,

Das kühle grüne Gras, es trats dein Fuß als Kind.

Die alten Eltern tratens, leise frierende,

Und die Geliebte trats, da quollen duftend auf

Die Veilchen, schmiegend unter ihre Sohlen sich;

Das Haus begreif, in dem du lebst und sterben sollst,

Und dann, ein Wirkender, begreif dich selber ehrfurchtsvoll,

An diesen hast du mehr, als du erfassen kannst –

Den Wanderliebenden, ich halt ihn länger nicht, allein

Der letzten Glättung noch bedarfs, die Feile fehlt,

Ich finde sie und schaffe dir das letzte noch.

Er geht ins Haus.

Die Frau

Dich führt wohl nimmermehr der Weg hieher zurück.

Hinstampfend durch die hyazinthne Nacht, berauscht,

Vergissest meiner du am Wege, fürcht ich, bald,

Die deiner, fürcht ich, nicht so bald vergessen kann.

Der Zentaur

Du irrst: verdammt von dir zu scheiden, wärs,

Als schlügen sich die Gitter dröhnend hinter mir

Von aller Liebe dufterfülltem Garten zu.

Doch kommst du, wie ich meine, mir Gefährtin mit,

So trag ich solchen hohen Reiz als Beute fort,

Wie nie die hohe Aphrodite ausgegossen hat,

Die allbelebende, auf Meer und wilde Flut.

Die Frau

Wie könnt ich Gatten, Haus und Kind verlassen hier?

Der Zentaur

Was sorgst du lang, um was du schnell vergessen hast?

Die Frau

Er kommt zurück, und schnell zerronnen ist der Traum!

Der Zentaur

Mit nichten, da doch Lust und Weg noch offen steht.

Mit festen Fingern greif mir ins Gelock und klammre dich,

Am Rücken ruhend, mir an Arm und Nacken an!

Sie schwingt sich auf seinen Rücken, und er stürmt hell schreiend zum Fluß hinunter, das Kind erschrickt und bricht in klägliches Weinen aus. Der Schmied tritt aus dem Haus. Eben stürzt sich der Zentaur in das aufrauschende Wasser des Flusses. Sein bronzener Oberkörper und die Gestalt der Frau zeichnen sich scharf auf der abendlich vergoldeten Wasserfläche ab. Der Schmied wird sie gewahr; in der Hand den Speer des Zentauren, läuft er ans Ufer hinab und schleudert, weit vorgebeugt, den Speer, der mit zitterndem Schaft einen Augenblick im Rücken der Frau stecken bleibt, bis diese mit einem gellenden Schrei die Locken des Zentauren fahren läßt und mit ausgebreiteten Armen rücklings ins Wasser stürzt. Der Zentaur fängt die Sterbende in seinen Armen auf und trägt sie hocherhoben stromabwärts, dem andern Ufer zuschwimmend.

INHALT